玉茗堂南柯記卷下目錄

玉茗堂南柯記卷下　　雜劇傳奇彙刻第十五種

柳浪館批評　　夢鳳樓　暖紅室　校訂

第二十三齣　念女

〔夜遊湖〕〔老旦引搽旦扮內官丑扮宮娥上〕窣地榮華閒內苑。紫雲袍花勝朝天。〔眾〕扇影斜分宮娥慢擁望南柯阿嬌仙眷。〔憶秦娥〕〔老旦〕屏山列、香風暗展、青槐葉。〔眾〕青槐葉。洞天深處彩雲明滅。〔老旦〕女兒十五辭宮闕。南柯婉瞰西樓月。〔合〕西樓月。南飛鵲影照人離別。自家大槐安國母。一女遠在南柯。將二十年。昨有書來。說他兒女累多。肌瘦怕熱。近於塹江城清涼地面。築一座瑤臺城避暑。要請佛王經千卷供養。已著郡主去禪智寺。請問契玄師父。還未到來。

〔玩仙燈〕〔貼持經上〕禪智談玄。又請下的法王經卷。〔見叩頭介〕郡主瓊英叩頭千歲。〔老旦〕平身。手中所進是何經卷。〔貼〕到問契玄禪師。他說凡生產過多。定有觸污地神天聖之處。可請一部血盆經去。叫他母子們長齋三年。總行懺悔。自然災消福長。滅病延年。娘娘

聽啟、
〔玉胞供〕〔玉胞肚〕這血盆經卷大慈悲孩兒目連〔老旦〕因
何、〔貼〕目連尊者爲救母走西天經過羽州追陽縣曠
野之中見、座血盆池地獄有多少女人散髮披枷
飲其池中汚血目連尊者動問獄主此是因何獄主
言道這婦人呵生產時血汚了溪河煎茶供佛汚了
良善〔老旦〕是了供奉三寶的茶水被血水汚因此果
報、後來、〔貼〕目連尊者聽見大哭起來俺母親也應受
此苦楚了竟以神通走向佛所致心頂禮願祈世尊

爲我等開示云何報答慈親脫離此苦佛言善哉〔五供
養〕待酬恩睠則三年內長齋拜懺聲聲把彌陀念〔老
旦〕念了怎的、〔貼〕有好處、渡河船便是血盆池上產金
蓮、
〔前腔〕〔老旦〕佛爺方便向諸天把真言示宣想來則有
婦女苦生男種女大家的便是產時昏悶傾汚水於
溪河、也是丈夫之罪怎那經文呵明寫著外面無干
偏則是女人之禮便宜紫衣官一員分付馬上捧持
此經一千部、星夜前去、紫衣乘傳直齎到瑤臺宮院

夢鳳按果然獨深居本作故然

像蟻

夢鳳按柳浪館本僅見作近見從獨深居本改

夢鳳按柳浪館本原題作孝白歌茲從譜勘正

兗到追陽縣說與公主呵教他廣流傳把俺老娘三
世也帶生天

古來兒女得娘憐　女病娘愁各一天

惟有受經勤懺悔　南柯應產玉池蓮

第二十四齣　風謠

【清江引】紫衣官走馬捧經背勅上　紫衣郎走馬南柯
下一軸山如畫公主性柔佳駙馬官瀟灑俺且在這
裏整儀容權下馬　事有足差理有果然自家紫衣官
是也承國王國母之命送佛經與公主供養並加陞

駙馬官爵門蔭纔入這南柯郡境則見青山濃翠綠
水淵環草樹光輝（欠理）鳥獸肥潤但有人家所在園池整
潔檐宇森齊何止苟美苟完且是興仁興讓街衢平
直男女分行但是田野相逢老少（像）交頭一揖曾遊幾
處僅見此邦且住待俺借問公主平安看百姓怎生
議論前面幾箇父老來了

【孝南枝】孝順歌　衆扮父老捧香上　征徭薄米穀多官民
易親風景和老的醉顏酡後生們鼓腹歌　瑣南枝　何道
俺捧靈香因甚麼　紫前問介　敢問老官人公主好麼

宮主想曾季考不然秀才那肯出香

獨深居本云這段光景作者心想良吏休風不覺津津巳甚若以全局論之未免粘滯冗緩借今誣昔與錄攝一曲同病可以人而不如鳥乎

父老歎介唱前你道俺捧靈香因甚麼下紫這些父老們歡歡喜喜唱箇甚的又邀的幾箇秀才來了

前腔眾扮秀才捧香上行鄉約制雅歌家尊五倫人四科因他俺切磋他將俺琢磨你道俺捧靈香因甚麼紫敢問秀才公主好麼秀才歎介唱前你道俺捧靈香因甚麼下

前腔眾扮村婦女捧香上多風化無暴苛俺婚姻以時歌伐柯家家老小和家家男女多你道俺捧靈香因甚麼紫敢問女娘們公主好麼婦歎介唱前你道

俺捧靈香因甚麼下

前腔眾扮商人捧香上平稅課不起科商人離家來安樂窩關津任你過晝夜總無他你道俺捧靈香因甚麼紫大哥幾分面善商俺是京師人在此生意紫正是聽見公主可好商俺們正去太爺生祠進香保祝駙馬公主二人千歲千歲紫你又不是這境內人民保俺財甚商落于爺到任二十年人閒夜戶不閉狗足生毛便是俺們商旅也往來安樂知恩報恩紫前面一夥老的一夥秀才一夥婦女都捧著香往那

總評螻蟻歸心矣死後少咬他幾下便見太守慶幸叮

裏去唱些甚麽〔商〕你是不知道（說貫了）南柯郡自這太爺到（重出）任以來兩順風調民安國泰終年則是遊嬉過日日裏都是德政歌謠各鄉村多寫著太爺牌位兒供養則這是大生祠祠宇前後九進堂高三丈立有一丈五尺高的幾座德政碑碑上記他行過德政二十年中便一日行一件也有七千二百多條言之不盡〔紫〕想是學霸刁民胡弄的（毒罵）〔商作惱介〕〔唱前〕咳你道俺捧靈香因甚麽〔下〕〔紫〕奇哉奇哉真箇有這等得民心的官府

二十年事事循良　徧歌謠處處焚香
立生祠字字紀實　詔書中一一端詳

第二十五齣　玩月

〔丑扮錄事官上〕官居錄事尊崇放支帳厤粗通再不還鈌官看印教我錄事衙門嗑風新近一塲詫事公主生長深宮二十年南柯地方怕熱訪知塹江城西北涼風築一座瑤臺城子單單一箇公主避暑其中周田二公督造果然不日成功怎生喚做瑤臺城子四門有高臺玉石玲瓏駙馬公主新來便待賞月那

頭行的、正是周田二公〔虛下〕

〔繞池遊〕〔淨末扮周田上〕人間怎麼、地下爲參佐、乘公暇得從深座、玉鏡臺移、絳橋星度、下秦樓雙鳴玉珂、〔周〕下官司憲周弁、〔田〕下官司農田子華、〔周〕蒙太老先生提挈、贊相有年、近因公主避暑於塹江西畔、築了座瑤臺城、今夕駙馬公主駕臨、正當明月三五、良可賀也、〔田〕以下官所言、瑤臺雖則壯麗、江外切近檀蘿、公主移居、深所未便、〔周〕有塹江城一衞兵馬、可保無危、〔內響道介〕〔田〕駙馬公主早來、我們且須迴避、〔虛下〕

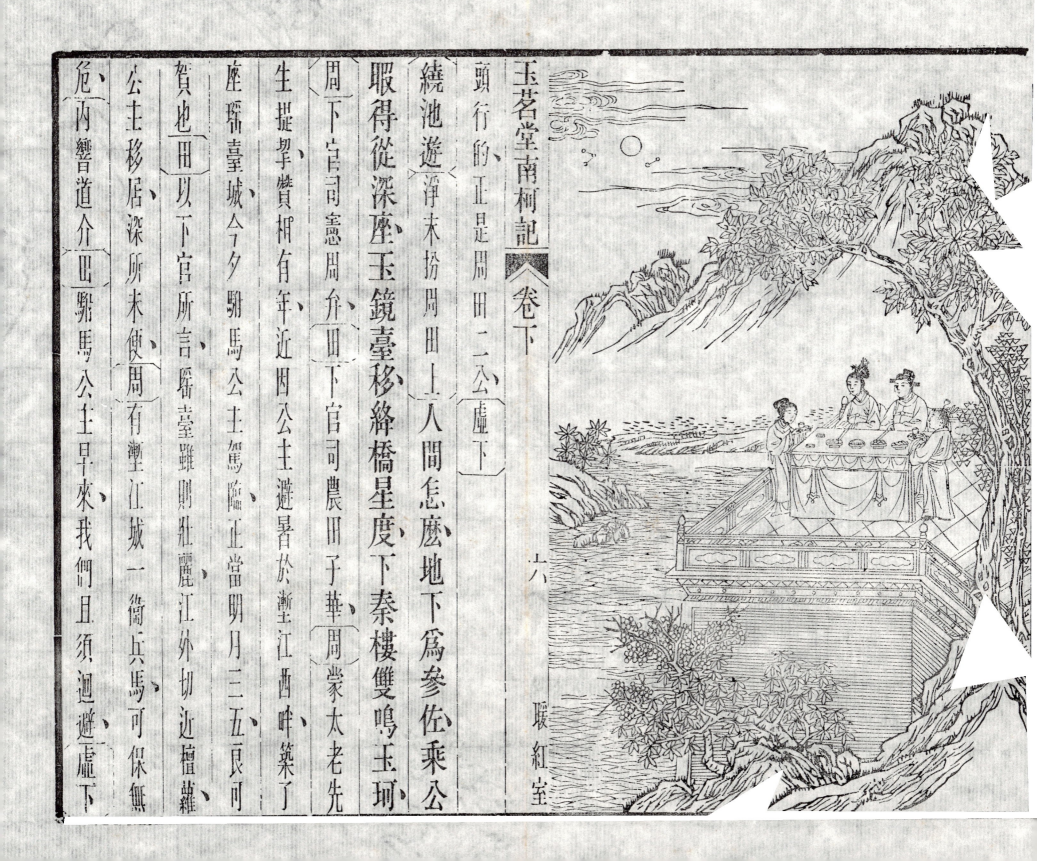

夢鳳按柳浪館本作普天樂犯誤

夢鳳按獨深居本孩子作孩兒

夢鳳按柳浪館本原題作雁過沙犯從葉譜勘正

破齊陣〔破陣子〕〔生旦引外扮堂候老旦貼扮宮娥上〕繞境全低玉宇當窗半落銀河〔齊天樂〕月影靈娟天臨貴婿清夜暫迴參佐〔破陣子〕同移燕寢幽香遠並起鸞驂暮靄多何處似南柯〔周田上〕堂候進稟司憲司農稟出稟周田下〔生〕我爲公主造此一城都是白玉砌裏五門十二樓真乃神仙境界也今夜月明如洗傾倒見〔生〕公主在此不便請見請二位老爺先回〔堂候應〕一杯〔老旦捧酒上〕金屋人雙美瑤臺月一輪酒到

普天樂〔生〕碾光華城一座把溫太真裝砌的嵯峨自

王姬寶殿生來配太守玉堂深坐瑞烟微香百和紅雲度花千朵有甚的不朱顏笑呵眼兒的眉峯皺破對清光滿斟一杯香糯〔旦歎介〕甚般好景苦沒心情奈何奈何〔生〕是了你欲興欠佳叫孩子們勸你請王孫貴女出來〔末雜扮二小男小女上〕月兒光月兒光娑婆樹下好燒香老爺親娘喫一杯酒兒麽〔做灌旦酒旦笑介〕我喫我喫

雁過紅〔雁過聲〕〔旦〕姮娥自在爭多養孩兒恁箇那些兒不病過廿載光陰一擲梭大的兒攻書課次的兒敢

獨深居本云又字真極矣

夢鳳按頭活獨深居本作頭可又柳浪館本原題作傾杯犯誤

夢鳳按柳浪館本原題作小桃紅犯誤姮娥作嫦娥

聽明似哥。（紅娘子）小丫頭也會梳裹。雲鬟兒閒眼前提著。
又校得心頭活。
【傾杯序】（生）嬌波倚瑤臺新鏡磨、嵌青天人負荷、（雜）消多幾陣微風、一莖清露、半縷殘霞、淡寫明抹、稱道你洞府仙人、清涼無暑、愛弄姿婆、（合）好大槐安團圓桂影、今夜滿南柯、（旦）夫妻兒女、真是團圞、祗爲哥兒們長成、親事未定、熱我心懷、（雜）娘住這瑤臺之上、怕忒高寒些兒、
【小桃紅】（旦）一些些思量過、悶喲喲怎題破、看這座瑤

臺是不比其他、界斷銀河冷淡些兒箇、便似背兒夫竊藥向寒宮躲、念瑤芳怎學的姮娥、（內）報報報、令旨到、（紫衣官上）宣旨介、令旨到、跪聽宣讀、制曰、寡人聞之治國之法、一日賢賢、二日親親、恩禮之施、用此爲準、咨汝公主瑤芳、厥配南柯郡太守駙馬都尉淳于棼、自下車以來、將二十載、仁風廣被、比屋歌謠、寡人心甚重之、茲特進封食邑三千戸、爵上柱國、集議院大學士、開府儀同三司、仍行南柯郡事、二男二女、俱以門蔭授官、許聘王族、與國咸休、欽哉、謝恩、（生旦）叩

獨治原本云不言躬行是真正講學對老婆講書是駙馬弄文法終是腐儒色相不如婦人倒暗合道妙

總評雖蟻亦知倿佛所以到底生天也彼不知佛者蟻不如矣

頭(介)千歲千歲千千歲、(紫)叩頭見生旦(介)恭喜公主

駙馬高陞、(生)扯紫(介)勞了、(紫)娘娘還有懿旨請下血

盆經千卷送與公主供養流傳、消災長福、(生)齊家治

國那用孔夫子之道、這佛教全然不用、(旦)奴家一向(道學)

不知怎生是孔夫子之道、(生)孔子之道、君臣有義、父

子有親、夫婦有別、長幼有序、朋友有信、(旦)依你說俺

國裏從來没有孔子之道、一般立了君臣之義、俺和

駙馬一般夫婦有別、孩子們一樣與你父子有親、他

兄妹們依然行走有序、這卻因何、(生)笑(介)說是這等

說、便與公主流傳道經卷罷了、

公主瑤臺養病身、一天恩詔滿門新、

但願禍隨長命女、相依佛度有緣人、

第二十六齣 啟寇

(梨花兒)(丑扮太子引外小生貼淨執旗上)小小的檀

蘿生下、咱生下咱太子好那查、没有了老婆較子儍、

㗌、但婆娘好把咱檀郎打、自家檀蘿國王位下四太

子是也、小名檀郎、姓格風灑、父王分下咱三千赤駁

軍、鎮守全蘿西道、日昨喪了房下、急切要尋箇填房

恰好一場天大姻緣、那大槐安國金枝公主、嫁了南柯郡守、隨夫之任、怕府裏地方燥熱、單築瑤臺城一座在塹江地面、與檀蘿國相近、老天老天、他那裏是怕熱、是不耐煩、要撇開漢子、自由自在、分明天賜我姻緣也、我待點精兵一千、打破瑤臺城、搶了公主、則未知他意思如何、早已差小卒兒扮作賣花郎、打探去早晚到來、（貼扮作貨郎花鼓報子上）報報報、好事到

（丑）快說來

北中呂（脫布衫）（報）小番兒早離了檀蘿、無明夜打聽南

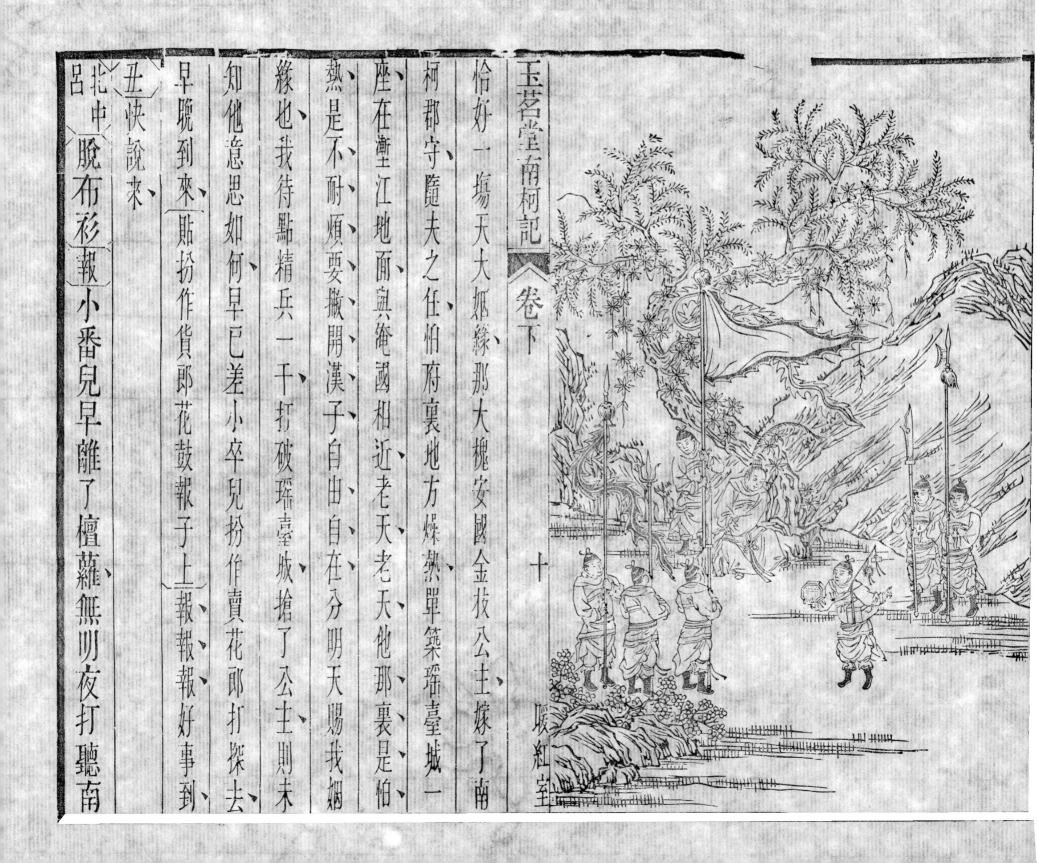

獨深居本云搭架好

獨深居本云攻勦天嬌

柯做探子的精細無過橫直著貨郎兒那些貨好一座瑤臺城〔丑〕怎見的

【中呂小梁州】〔報〕真乃是玉砌金裝巧甃羅繞殿宮娥珍珠壘就翠銀河無彈破一曲錦雲窩〔丑〕可到得公主跟前〔報〕小的賣花宮娥引見

【么篇】賣花聲斜抹著宮牆過（說得情動）那穿宮引見俺妝標垛〔丑〕公主可要了些花兒〔報〕便叫貨郎有甚妝花名數小的應說有有絨縧花通草花縷金花攢翠花數上百十樣他府中都有則留下兩種兒〔丑〕那兩種〔報〕是寶檀絲粟點香和小裝窩那翠翦蘿春織雨朵斜插笑鏡兒臉〔丑作昏跌介〕妙也妙也寶檀花翠蘿花〔丑〕是檀蘿二字公主接下這花天緣也報子還則怕他漢子守著〔報〕一箇駙馬回南柯管事去了〔丑〕有這等一箇鬆駙馬（尖）

【耍孩兒三煞】〔報〕駙馬呵他守著箇鬧喳喳的畫卯堂著甚科倒把箇翠臻臻畫眉臺脫了窩俺偷風研砦尋閑貨則要俺蛇皮鼓再打向花廊過少不的會溫存的飛虎把河橋坐少不得帕聒吵的昭君出塞和

是惹起風流禍。為一箇觀音菩薩。起三千拚命嘍囉。

【尾聲】太子呵你先把撞門羊宰了大犒賀。把拖地錦做征旗尾後拖。搶到公主呵偏背那撲楞楞生老渲于干。別煞了他成就道揹不剌小檀郎快活煞了我。【下】

【丑吊場】好稱心的事兒也。就分一枝兵蘸住塹江城。俺親自搶公主去。正是饞要伐檀來不得。略白無媒去伐柯。

第二十七齣　閨警

【好事近】【老旦貼扮宮娥上】秋影動湘荷風定瑞鑪

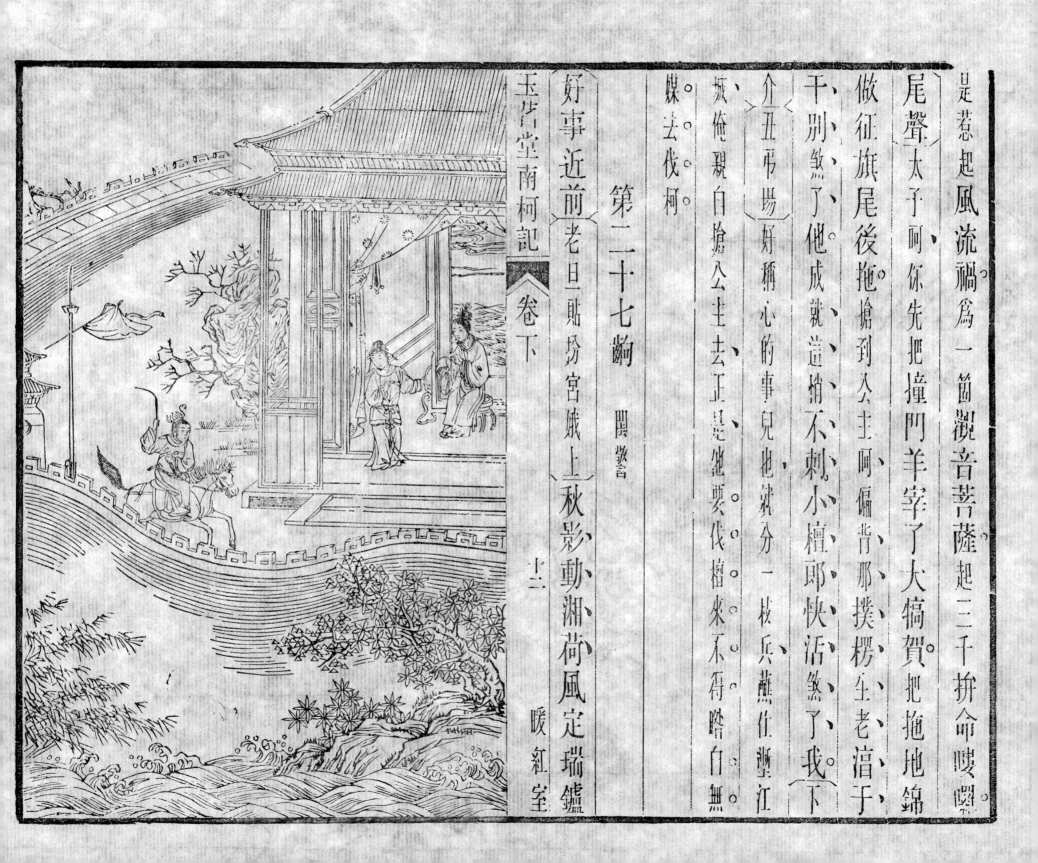

獨深居本云譜調香婉不亞少游詞

香過簾外呢喃歸燕怪瑣窗人卧我們公主位下宮娥是也公主貴體原自嬌柔加以兒女累多心煩怕熱因此避暑瑤臺這早還睡也

好事近後〔旦上〕弄涼微雨隱秋河殘暑殢人些箇好夢暗隨團扇再朱顏來麼〔清平樂〕〔旦〕陰陰院宇枕上昏涼雨〔老旦〕風動槐柯交翠舞恰恰畫牆低午〔旦〕一簾幽夢悠揚金爐旋沫沈香〔合〕鳳吹幾年都尉病慵休殢宮妝〔旦〕宮娥這瑤臺風景比南柯郡涼些〔老旦〕也是新秋了〔旦〕你知我有病在身麼〔老旦〕便是駙馬爺在南柯這些時不來相看〔旦〕他政事羈身何暇到此好悶呵

大犯宮詞〔梁州序〕落紅凝院暮雲沈閣秋動繡簾猶卧起來無力金釵半墜雲窩〔老旦〕瑤臺城過了一夏哩〔月兒高〕〔旦〕俺汗減了湘文簟螢低了扇影羅〔老旦〕公主也忒嬌怯〔排歌〕〔旦〕多嬌處忒病多年來無奈睡情何〔老旦〕天氣早涼些〔傍妝臺〕〔旦〕我一時間如涼便得沾羅幙一會間似熱又尋思浴翠波〔老旦〕午膳哩〔皁羅袍〕〔旦〕沒些時箇花陰午矬〔黃鶯兒〕早氳人的茶飯沾辱過〔老旦〕

獨深居本云
風流旖旎

公主有了王孫貴女、還嫌甚麽、旦你休波眼前兒女
風月暗消磨、老旦整辦酒筵解悶、公主祇是想駙馬
爺、
前腔早則是瑣窗人喚夢雲初、鞾一綫枕痕無那遲
遲媚嫵還留人畫雙蛾、宮娥送酒介老旦一盞、心頭
過臙脂暈臉渦、旦怕飲、老旦跪勸旦略飲介三回勸、
半口多、朱顏怎得箇笑微酡、老旦有方法、叫小宮娥
吹彈歌舞、內吹彈上介旦瞧人那、老旦怎人偏喜處
生嫌渦（重用韻）再有消愁似舞和歌、背唱介他鳳腮微托、長

裙半掩、痕稍兒剪不的、愁痕破、旦照鏡歎介老旦回
身介事多磨、淹淹鏡裏有得氣兒呵、末扮大兒子上
秦樓通戍火、漢苑人邊愁、報知母親檀蘿兵起逼近
瑤臺、如何是好、旦泣介這等怎好、我的兒那、你星夜
往南柯報知父親、我一邊督率城中男女守城防備、
風入松原來祇合住南柯、有甚麽清涼、不過下塲頭
都是俺之錯、到如今惹下了干戈、知他那意兒怎麽、
合男共女守臺坡、
前腔末喜的是親娘身子減沈疴、兒去也、俺娘、掙挫、

急忙問打不的這瑤臺破、怕你這娘子軍沒得張羅。
俺那父子兵登時救活〔合前〕〔旦末哭別介〕
〔尾聲〕從來不說有干戈、俺小膽兒登時嚇破、別將領
兵不濟事須則駙馬親來纔救的我。〔旦衆下〕〔末弔場〕
急馬走上〔手下〕趲行、
〔滴溜子〕邊報急、邊報急、怎生煞、和流星去、流星去塵
飛、不過心急馬行遲（張、押）那把三百里老南柯做一會子
抹、遲誤兵機、教娘怎麼、教娘怎麼〔下〕
〔前腔〕〔丑扮軍妻老旦雜扮守城軍婦女揷旗執器械
上〕邊報急、邊報急、怎生煞、和輪班去輪班去挨查、不
過、心急步行遲、那把三百箇錦城窩做一會子邏失、
誤城池、教娘怎麼、教娘怎麼〔丑笑介〕奇怪、奇怪、一座
瑤臺城、砌的蟻子縫也沒一箇、甚鳥報道有甚鎖城（切題）
賊、公主下令瑤臺一衞老軍、丁男出弔橋迎賊、軍妻
守堞、四門每門一箇女小旗總領、奴家是王大姐平
日有些手面、領了東門女人、旋哎喲陳姥姥趙姨姨
你也來了、〔老旦〕老身領了西門、〔雜〕奴家領了北門、祇
南門小總不到、〔貼扮小旗揷旗上〕列位大娘拜揖、〔丑

一箇俊哥兒、（貼）我母親是南門女小旗、病了、小子替
領、（丑）南風發了也罷。公主號令、旗婆們都要演習武
藝、咱陳姥姥看把勢、（踢老旦跌介）（老旦）哎、我老人家
了、（丑）趙姨姨看跌、（雜跌介）哎、王大姐饒了罷那、（丑）小
哥看飛尖、（貼放丑倒介）（丑）不信老娘倒了、架再三打
丑跌介（丑）我的哥跌打你不過、那、你要鎗、（鎗殺貼勝
丑怕介（貼）王大姐、這等手面怎麽防賊、（丑）奴家有計、
賊上城、熱屎熱尿淋頭撒下去、我連馬子煮粥鍋都
搬上城來了、（老旦雜）休羅唣、我們遶城走一遭、回報
公主去、

醉羅歌（醉扶歸）一垛兩垛城臺座、一箇兩箇鋪團窩、窩
札札穿鍼縫沒過、槍那砲成堆垛、（皂羅袍）軍妻姥姥這
些老婆軍餘舍舍、這些小哥斗兒東唱到參兒趓、（內
鑼鼓馬嘶上介）（排歌）把壓頭望路腳那、傍城牆走馬、那
數聲鑼、（內緊鼓報介）擂蘿賊兵來了、（貼）邊報來緊、且
催集各家老小上城、

瑤臺城四面、　砲眼槍頭箭、
但有賊星兒、　女兵先緷戰、

夢鳳按柳浪館本歌作哥誤

總評蟻子亦好南風正蟻子偏好南風也

第二十八齣　雨陣

【逍遙樂】（生引外扮堂候、老旦雜扮祗候執棍上）池上秋聲響，還把彩鸞雙扇掌，老槐陰新雨碧油幢，獨坐黃堂，閑燕寢凝幽香。吾在南柯有歲，華麗譙清晝卷高牙，刑書日省三千牘，民版秋登百萬家。自家出守南柯，物阜民安，辭清盜寡，皆周田二君贊相之力。杯酒為歡，欽然未舉。近因公主避暑瑤臺城，府內孤寂。此中舊有一所審雨堂，審的地氣濕熱，將雨之候，果然微雨，應此新秋。分付置酒，與二君聽雨。左右伺候。

獨深居本云一派風華掩映

夢鳳按介合參川藏本

周田上太府威容盛、同宮蘆數親、祗候的通臺、堂候

田爺周爺到、見介生上三匝南枝總舊遊、田雙攀玉樹

此庭幽、周偏因聽雨承恩澤、合共看郊原作好秋、看

酒介老旦雜下生今夕之酒專為聽雨而設、

啼鶯兒序鶯啼偶然西風、吟素商、霎煞幾般、疎響悉闌

珊、玉馬可噹、忽弄的仌壺溜亮、倒檐花碎影琳琅、敲

鴛瓦、跳珠兒定蕩、黃鶯兒猛端相斷魂、何處環佩赴高

唐、

前腔銀河濕雲流素光、點滴翠荷盤上、吉琤琤打鴨

銀塘、撒喇喇破萍分浪、清切在梧桐井牀、颯答在芭

蕉翠幌、隱垂堂珠簾暮捲、長似對瀟湘、

啄木鸝啄木兒華堂靜、好對觴、細雨紗廚今夜涼、怕攪

他蝴蝶飛雙、聒醒我鴛鴦睡兩、更那畫船眠處沙鷗

望、屏山醉後餘香漾、黃鶯兒合弄悠揚人間此際別有

好思量、

前腔周催花緊、鈔燕的忙、一陣陣黃昏愁雁行、田偏

有他側耳空房、閃窗紗半滅銀釭、周田合一般見天

涯薄宦窮途況、洞庭歸客孤篷上、合數天長十年、心

獨深居本云夢中說夢幻甚

綴話不像

夢鳳按柳浪館本勒槓獨深居本加圈今同批語兩存之此齣介白並參用臧本毛本

獨深居本云本色

臧曰蟻陣老鸛陣自是本色且有做法

事、和淚、隔、秋、窗、〔生〕司農、我晝寢忽然一夢大兒子誦毛詩二一句、鸛鳴於垤婦歎於室（奇切）是何祥也、〔田想介〕依下官愚見詩云天將雨而蟻出於垤鸛喜食蟻故飛舞而鳴、婦歎於室、似是公主有難、要與老堂尊相見、此乃東山之詩、主有征戰之事、〔生〕多謝指教、當謹防之、〔丙鼓介〕〔生〕問報鼓爲甚而忙、〔末打馬疾走上介〕風傳流賊起、火速報君知、報爹爹檀蘿兵起、一半攻打壍江城、一半向瑶臺城來了、〔生慌介〕怎了、怎了、瑶臺、公主所居、壍江、邊城、要路、賊兵兩路而進、其意難量、

我與田司農領兵去、解公主之圍、別遣周司憲守禦壍江城一帶、孩兒把守南柯暫且休息去、〔末〕要活娘兒命無過子安兵、〔下〕〔生〕司農、司農、夢之響應如此、（少不得這句）〔周田〕便是公主在圍、須得星夜前進、〔生〕堂候官、傳下號令、點五千兵、跟周爺救壍江城、選鋒三千名、跟我星夜前救公主、〔外丑貼雜扮軍卒執旗上〕瑶臺先救月、別騎見臨江、稟太爺演陣、〔田〕稟堂尊、救壍江、祇排箇尋常蟻陣、救公主的要依詩云、排一箇老鸛陣、〔衆應排陣走介〕蟻陣、完、〔再排陣舞叫穿花介〕老鸛陣、完、〔生

今之列陣皆犧耳
泥、曰築下箇粉壇場語佳

總評設有病虛之人幾以此陣爲牛舞矣

我與周司憲分兵而去、〔周〕稟堂尊三軍鼓氣全在於酒。周弁一生。全仗酒力。望主公大賜恩波〔生〕五千名軍、賞他五千箇泥頭酒去。則一句話。司憲在心。小生昔爲淮西裨將。使酒誤事。二君所知。自拜郡以來。戒了這酒。司憲平日頗有酒名。既掌兵機。記吾囑咐。酒要少飲。事要多知。〔周〕謹領尊命、就此起行了、

〔刮鼓令〕〔生〕沖星一劍忙向瑤臺相對當、公主呵、他烟花陣怎生圍向〔旦〕那檀蘿真倔強、築下箇粉壇場、時吉方陣頭安上〔合〕聽楚天秋雨過殘陽、倒做了金鐙響玎璫、〔生旦下〕

〔前腔〕〔周〕孤城號塹江、敢囊沙聚米糧、看仔細檀蘿模樣、望江鄉、策應忙、杯酒襯戎妝、他居中主量、我從邊兒趕上、〔合前〕

瑤臺城傍月兒邊、爲惹兵戈破鏡懸、
此日相逢洗兵雨、一天長塹凱歌旋、

第二十九齣　圍釋

〔金錢花〕〔太子引小生外搽旦雜扮軍卒執旗行上〕俺們太子是檀蘿、檀蘿、日夜尋思要老婆、老婆、瑤臺城

子裏有一箇、踏編橋渡過小銀河要搶也波搶得麼、（事化）
赤剎、剎、的笑、呵、呵、好了好了、圍了瑤臺城你看城子、
高接廣寒、明如閬苑、便待一鼓破了瑤臺何難之有、
又怕驚了公主、不成其事、昨日打了戰書入城、他那
裏敢回話、想祇等駙馬來救、我別遣一支兵馬、攻取
壍江城、直逼南柯、吾那駙馬怎生來得、公主、公主、眼
見的到手也、今日故意再把城子緊圍、他問時呵、公
主親自上城打話、待小子飽瞧一會、衆把都緊圍、緊
圍、（內鼓譟介）緊圍了、（老旦貼扮內使女官枕泣上）吱

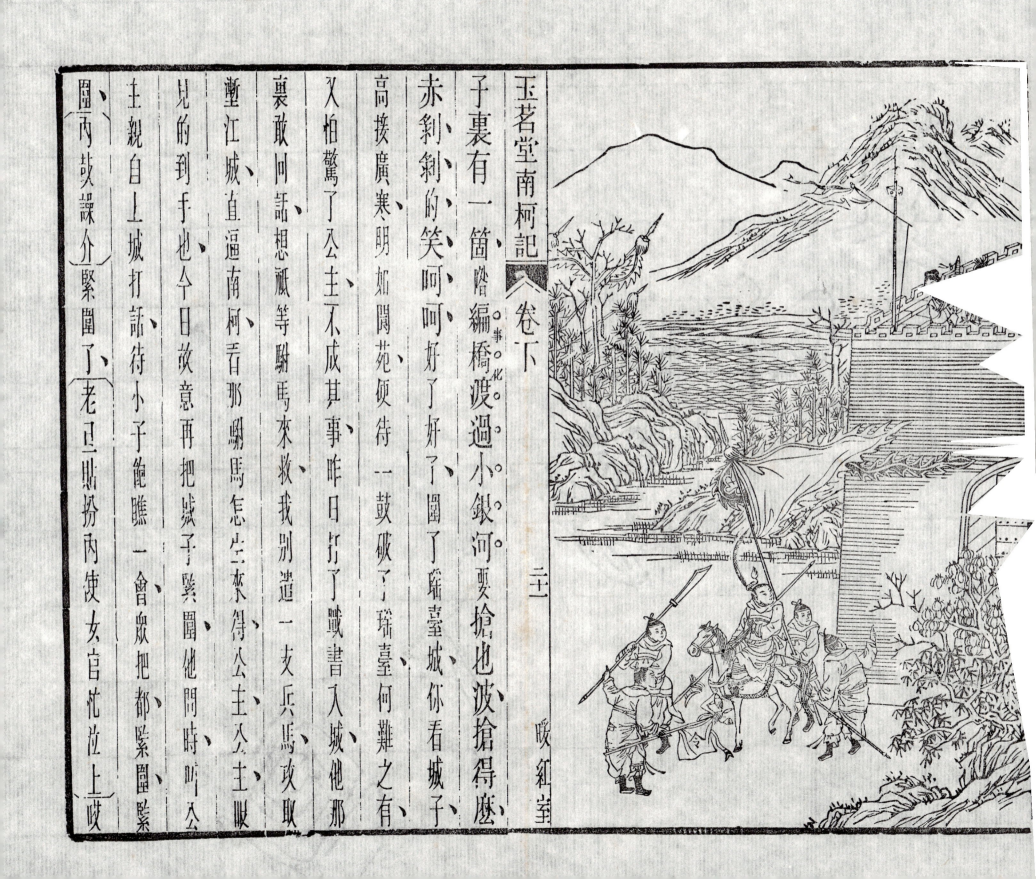

賊日膽破青
鸞色一聯佳

吩檀蘿兵緊上來了、呎見得無活的也、快請公主升帳、（旦引貼扮宮女衆領上）天呵天呵、怎了也、瑤臺弍一臨賊子逼城險。贈破青鸞色情傷。駙馬心女牆邊月近。孤枕陣雲深。怎得南柯去高樓橫笛音（內鼓譟介）（旦衆哭介）如何是好、

【南呂一枝花】（旦）冷落鳳簫樓、吹徹胡笳塞、是甚（啞）男（語）心多、偏算計這女喬才、避暑迎涼甚月殿清虛界、俺惹他西施兵火到蘇臺、遭勞攘兩月幽閒、養病患又一天驚駭（內鼓譟介）（旦）天天天、怎生來這瑤臺城（內鼓

糧不多、賊子因何圖此、昨日打下戰書、思量起來、田乃女不交手怎生輕敵、而戰專等駙馬到來、如今著人問他、或是要些小財物、捨些他去、免得攪擾、一番叫通事問他此來主何意思、（末扮通事上問介）（太應介）要問俺起兵主意、請公主自來打話、（通回稟介）他要請公主打話、（旦歎介）我乃一國之貴主、這些毛賊怎敢對話、（通回太介）公主乃一國之貴主、怎與你們打話、（太）俺非以下將佐、乃是本國四太子、叫你公主就是姐姐一般、請來打話、（通回旦介）他說是本國四太

獨深居本云體貼形容

藏曰此曲絕似元人獨深居本云活現箇繡旗女將錦撒夫人來也

子。叫公主就是姐姐一般可以打話【旦】這等衹得扶病而去倘然三面勾當遏了他兵也未可知【衆】賊意難知公主須得我裝城樓一望【旦】然也【旦】換我妝弓箭介

【梁州第七】怎便把顫巍巍兜鍪平戴【旦】先脫下這頓設設的繡襪弓鞋。小靴尖忒逼的金蓮窄。把盔纓一拍。膊鞴雙擡宮羅細揣。這繡甲鬆裁。明晃晃護心鏡月偃分排。齊臻臻茜血裙風影吹開。少不得女天魔排陣勢撒連連金瑣槍欄。女由基扣雕弓厮琅琅金泥箭袋。女孫臏施號令明朗朗的金字旗牌。【衆】喝采介【旦】奇哉你待喝采小宮腰控著獅蠻帶扮將軍把旗勢擺【上城介】你看我一朵紅雲上將臺他望眼孩哈【內鼓譟旦驚介】來的好不怔忡也權請他太子打話【太喜打滾笑介】妙也妙也真乃是月殿姮娥雲端裏觀世音姐姐請了【旦】太子請了太子君處江北妾處江南風馬牛不相及也不意太子之涉吾境也何故【太】公主你把我的主意猜一猜來

【牧羊關】【旦】看他蟻陣紛然擺風雹亂下飾他待殢兒

夢鳳按柳浪館本作小心腸兒多大獨深居本作小則小心腸兒多大今從獨深居本改正

夢鳳按各本無你你你三字敢字照臧本補

臧曰女人國不近你那檀蘿界語佳

獨深居本云出白都好

臧曰便做你看不出也三

般打破這瑤臺。我好看、不上、他蹻腳兒、赤體精骸。小則小心腸兒多大。則不過領些須魚肉塊。覓些小米頭柴。怎做作過水興營砦。太子、你敢拚殘生來觸槐。【通】四太子、我公主說、你祇要些米頭魚骨、犒賞你些去便了。【太】笑介小子非爲哺啜而來、好不欺負人也。左右祇擂鼓緊圍罷了。【旦】通事、你再說與他。

【四塊玉】你你你逐些兒打話來、敢則把你虛脾賣、敢要生口。【太】不要。【旦】要些金銀。【太】不要。【旦】爲甚麼錢糧生口都不在懷。【太】你不知俺那國裏少些女人、故此

而來。【旦】原來女人國不近你那檀蘿界。【太】不是以次女人近來、小子親自斷了絃。【旦】咳、則道少甚麼粉丕丕女將材、原來要帽光光你箇令四太【內】鼓譟介【太】快回將話來、俺要媳婦兒緊。【旦】奇哉、這賊忒急色。【旦】說與他、待我奏知國王、選箇女兒、送他著他休了兵去。【太】吾乃太子、要與國王爲女婿哩。【旦】他是不知

【罵玉郎】說知他我國王位下、無了尊愛。【太】公主是他尊愛。【旦】禁聲、早有了駙馬、養下了嬰孩。【太】公主還嫩嫩的。【旦】便做你看不出也三十外。【太】駙馬在那裏。【旦】

十外句佳
夢鳳按各本無他他他三字照臧本補

臧曰撲埌生等句佳

夢鳳按柳浪館本原題作賺尾茲改正

他他他、去南柯選將材、來來來、那時節替你擔利害、【太】管駙馬來不來。公主會了俺的人揷了俺的花、難道不容我做夫妻一夜兒。

【哭皇天】【旦】呀呀呀、這風魔也似九伯使村沙惡茶白賴、通事、問他那裏會他的人、揷了他的花、【太】前日寶檀、絲翠翦蘿、都是俺送你公主插戴的、你接下了、約我來、【旦惱介】哎喲、原來倒爲此賊所算了、宮娥快取花來、碎了、撒下城去、【旦碎花介】哎、原來土查兒生扭做、檀郎賣、女絲蘿、倒被你臭纏歪、小覷我玉葉金枝

胡揣、【擲花著太惱介】你俺一般金枝玉葉、作踐我的花氣死俺也、一枝冷箭去嚇死花娘、【射介】公主看箭箭響【介】【旦作袖閃半跌介】哎也、璞琅生射中了、入寶攢、盈金鳳釵、險些兒鍘拴了、鳳髻鉤掛住蓮腿、【內鼓響介】【太慌問虛下介】【內喊介】駙馬兵到、【卒報旦介】賊兵紛紛解散、鼓聲振天、駙馬救兵到也、【旦喜介】

【隔尾】紛紛蟻隊重圍解、冉冉塵飛殺氣開、駙馬征西大元帥、馬踐征埃花攢戰鎧、我呵城臺上助鼓三咚、與他、大喝采、【下】【生領衆上】將軍、不戰他人地殺伐虛

臧曰詞中多佳句好
獨深居本云虛實並妙

悲公主親、太子衆上介生檀蘿小賊、何不早降、太俺
乃檀蘿四太子、纔與公主打話片時、你便喫醋、怎的
戰介生問介他是蟻陣、我三軍飛舞作老鸛陣方可
破他、再戰太敗走介旦衆上謝天謝地、馳馬得勝而
回、衆三軍開城迎接、見介生好不嚇殺我也、旦真箇
嚇死人也、

烏夜啼奴本是怯生生病容嬌態、早戰兢兢破膽驚
骸、怎虞姬獨困在楚心垓、爲鶯鶯把定了河橋外、射
中金釵、嚇破蓮腮、唔瞭高臺是做望夫臺、他連環砦

總評蟲子也利他人妻又何怪乎人哉然利他人妻者蟲子也非人也
夢鳳按柳浪館本原題作尾煞茲從葉譜改正
臧曰結句亦佳

打烟花砦、爭些兒一時半刻、五裂三開、生三軍城外
犒賞、快取酒來、與公主壓驚、旦瑶臺新破(未曾)、不可久居
星夜趕程往南柯郡去、

煞尾臥番羊拜告了轅門宰、聽金鼓喧傳拜將臺、抵
多少笙歌接至珠簾外、不是你親身自來紅雲陣擺、
險些兒把這座小瑶臺、做樂昌家鏡兒摔、

腳踹鴛鴦陣(無味)　頭頂鳳凰盔
馬敲金鐙響　人唱凱歌回

第三十齣　帥北

六幺令（搽旦扮賊將引丑雜太衆執旗上）檀蘿饑渴出山來覓食爲活藤編鐵甲樹兵戈穿東澗搶南柯塹江城塹的佳江兒麽塹江城塹的佳江兒麽把都們好了好了俺檀蘿太子去搶瑤臺城著咱這一枝徑搶塹江城望南柯征進前面便是快搶上去

前腔（雜扮守城軍上）南來烽火一星星報去南柯堂中備禦計如何呀那前來的是檀蘿塹江樓那位將軍坐塹江樓那位將軍坐俺們是把守這塹江城小軍兒弟檀蘿來得這般緊急還不見守禦官

們那得上城巡警、

【前腔】〔周弁領小生外衆執旗上〕一番兵火、一些些喚做檀蘿、俺兵半萬出南柯、走饑渴、轉林坡、塹江城、有得酒兒嗑、、、〔守城軍接介〕〔周〕盼的這座城到了、〔衆〕塹江城、要得酒兒嗑、、、〔周〕渴了渴了、〔衆〕是渴了、爺、〔周〕叫守城軍、司農爺運的犒賞酒可到哩、〔守軍應介〕到了、但一名軍一箇泥頭酒、五千軍五千箇泥頭、大河清、小河清、配著南京真正一寸三分高堆花老燒酒、稟爺起(還未)用那一號、〔周〕便取一半水酒、一半燒酒、取名水火既

濟、都堆上這城門首來、〔衆軍取酒上介〕算泥頭、一百一百又一百、二三百兩五五箇百、五箇五百兩箇百兩箇五百五箇百、〔周〕五千箇酒勾了、儘著喫、泥頭都丟在戰場上去、〔衆〕軍喫水酒、俺喫燒酒、不論量、以渴止爲度、〔衆作飲介〕渴哩渴哩、〔丟泥頭介〕〔周〕俺從來好酒、則因府主相拘、怕官箴有玷、這纔是俺顯量時節也、〔飲酒衆醉介〕〔内鼓介〕報報、檀蘿賊到城下了、〔周〕由他、且飲酒、〔内急鼓介〕報報報、檀蘿賊先鋒挑戰、〔周作惱介〕這賊好無禮、酒剛喫到一半、則管衙席、衆軍乘酒

賊曰臉從醉後一句諢語佳

夢鳳按各本皆作搶入南柯去今從臧本改正

總評好一箇江左周郎

臧曰囉嗹哩二句是本色語

夢鳳按各本作哩囉嗹茲從臧本葉譜作囉嗹哩

與、殺出城去、（衆應介）臉從醉後如關將、酒尚溫時斬華雄、（下）（賊喝介）唱前穿東澗三句上（介）把都們搶進塹江去、（周領衆唱前走鐵渴三句迎穿上介）（來者莫非檀蘿賊乎、（戰介）（周衆作醉不敵賊趕下介）（周急上）衆軍士再取一大甌燒酒來、戰的渴也、（衆取酒上飲介）（賊上）那邊廂好不香的燒酒哩、搶上去、（又戰周敗又敗介）（周獨身上）歎也、賊好無禮便認輸了這一陣、天氣炎熱、日勢已晚、且卸下征袍、月下單騎回去也、（下）（賊上）好、好、好趁這番搶入塹江城去、（跌介）哎也、爲甚跌了也、則見酒氣薰天、流涎滿地、呀原來城門首堆著幾千箇泥頭塞路也、（作看天介）看此天氣、必然大〔蟻〕、雨、漲、江妨俺歸路、俺們且擬了這幾箇餘酒、唱箇得勝歌回去也、

（前腔）旗旙搖播、擁回軍擂鼓篩鑼、殺山酒海笑呵呵、囉嗹哩、哩嗹囉、搶南柯得勝回齊聲賀、搶南柯得勝回齊聲賀、

南柯敗損數千軍、賸得泥頭撲鼻醺、

遇飲酒時須飲酒、得饒人處且饒人、

第三十一齣　繫帥

三台令〈生引小生扮堂候外老旦持劍上〉長年坐策兵機。這幾日有些狐疑。檀蘿欲翦快如飛。怎不見捷旌旗。〈集唐〉纔到城門打鼓聲。武陵一曲想南征。誰知一夜秦樓客。白髮新添四五莖。俺淳于棼久鎮南柯。威名頗重。近乃公主避暑瑤臺。幸解檀蘿之困。祇愁塹江一帶。別遣周弁救援。頗伺捷音。早已分付司農整排筵宴十里長亭。與周弁接喜。可早到也。

前腔〈田上〉太平筵上花枝。酒旗風偃征旗。喜氣欲淋

濟、這勝算兵家怎擬、【見介】【田】妙算老堂翁、【生】旋贊有
司農、【田】淮備花前酒、【生】來聽塞上風、司農周司憲戰
期已數日了、還不見捷報、使俺心下憂疑、【田】一來國
王洪福、二來府主威光、三來司憲英勇、定然得勝而
回、【丑執旗上報介】江山看是塹、草木怕成兵、報、報、報、
周將軍單馬回城來了、【生】司憲先回、多應得勝、叫樂
工們響動、【內鼓吹介】
【北醉花陰】【周弁幅巾白袍帶劍走馬上】俺這裏匹馬
單鞭怕提起、郎漸的一家兒這裏頭直上滾塵飛、一

邊廂擂鼓揚旗、那唱賀的歡天地、【望介】原來是太老
先生、與司農寮長置酒在長亭之上、咳、他則道敲鐙
凱歌回、曲恭恭來壓喜、【見介】請了、【生】呀、周司憲得勝
回來、俺同僚們安排喜酒、【周】好了、好了、快討酒來、
【南畫眉序】【生】花柳散金杯、一片驚心在眼兒裏、當初
去有黃金瑣子甲、怎全身赤體、卸甲投盔、覩形模事
體堪疑、得了勝、怎單騎而至、【田】不瞞堂尊大人說、周
司憲此來真箇可疑、【合】怎的意頭兒沒張致、還責取
後來消息、

瀛曰便是半萬箇泥頭俺也賠不起句佳

獨深居本云覺是說酒妙

北喜遷鶯〔周〕爲甚俺裸肩揚臂熱天頭助喊揚威顛也麽頽沒箇兒幫閑取勢邀的俺赤甲山前被虜圍〔生〕呀、被圍了、怎的出得來、〔周〕沖圍退不是俺使些些精細險些兒頭利無歸快討酒來、〔生〕這等是兵敗了、還說酒哩、且問你、

南畫眉序當日擺兵齊半萬箇選鋒盡跟你一箇箇鎗來會躲箭去能揮如何通不見一箇回來你一家兒人馬平安那些兒何方使費〔合前〕〔周〕那五千箇人去時俺是見他來、

北出隊子〔周〕給千兵果然編配點兵單箇箇齊〔生〕戰場上可有呢、〔周〕戰時還有、戰了、後俺通不知那裏去了、〔田〕司憲公敢是盡被檀蘿殺了、〔周〕這也難道、〔生〕則問他半萬箇人頭、〔周〕剗單鞭投至一身虧甚半萬箇人頭要俺賠呀、你便是半萬箇泥頭俺也賠不起〔生〕我說人頭、他說泥頭、是怎的、通不聽他、只以軍法從事、先斬後奏了、〔周〕誰敢無禮〔生〕惱介敗軍之將還敢崛強、

南滴溜子敗軍的敗軍的全生誤國論軍法論軍法

臧曰那些兒劉備張飛句佳

夢鳳按獨深居本括作折今從之

獨深居本云不合諢譜

夢鳳按毛本難加作難行獨深居本云詩甚可删

難容恕你。叫正典、刑是理。諸人聽指揮。將他細執。量決一刀。做箇旁州之例。【眾持刀綁周周不伏介】

【北刮地風】【周】呀、忽地波怒吽吽壞臉皮。那些兒劉備張飛大槐安國內君王婿。誰不知倚勢施爲、便做著、你、正、堂、尊貴。俺可、也、不、性、命、低微。【生】快取首級哩、【周】【笑介】俺怎生殺透賊圍。掙得這首級歸。你剗口兒鬧胡戲、你便申軍法。俺怎遵依。斬字兒你可也再休題。

【生】俺是掌印官施行、你不得。叫劊子手一齊向前綁了、【周】稟堂尊、此事未可造次、

【南滴滴金】念周郎至友同鄉籍。地折裏相逢忒遭際。橫枝兒佳札南柯地。是堂尊薦及薦及他爲元帥。他平生也爲人。今怎的堪詳細。便消停到底爭遲疾。【生】依說便再問他、周弁你因何犯此失機之罪、【周】非關小將之事也、非闕五千箇軍人之事、都是依堂尊半萬箇泥頭酒、諸人走渴之時、一鼓而醉、忽報檀蘿索戰、一箇箇手鞾腳軟、只小將一人酒量頗高、向前迎戰、獨力難加、只得棄甲丟鎗、乘夜而走、你不信有詩爲證、暑往寒來春復秋、夕陽西下水東流、將軍戰馬

今何在野草閑花滿地愁這都是你半半萬箇泥頭酒之過也

北四門子 [周]干不合萬不合伊把半萬箇泥頭兒燒不是水不不是蒙汗藥酸的醋却怎生輭兀剌燒葱腿難跳踢急麻查扶泥臂刀怎提 [生]這等怎生戰的來 [周]還說戰哩 [生]這等則怕檀蘿軍殺過塹江城這邊來了 [周]這到不要慌俺留下一計正待搶殺進城被俺將酒泥頭盡數丟在戰場之上把他戰馬一箇箇都絆倒了不曾搶的城來此又半萬箇泥頭酒之功也那酒瓶兒似山泥頭似堆攏沙場滑喇又酙退了賊你記他一功贖他一罪道的箇君當恕人之醉 [生]周弁你去時俺怎生說來酒要少喫事要多知你都不在意一定要正軍法 [周]吹從古來誰不飲酒天若不愛酒天應無酒星地若不愛酒地應無酒泉天地都愛酒俺飲酒是兵權漢樊噲三國周公瑾關雲長都也貪杯希罕於俺一人乎

南鮑老催 [生]你攀今比昔那樊將軍他彿酒把鴻門砕闖大王面赤非干醉比周瑜飲醋醪量難及也罷

俺念你一來是同鄉、二來是同寮、停了軍法、且把你牢固
監候、奏請定奪、把你貪杯子反的頭權寄不淨上丹青于
禁身牢繫、忙奏請隨寬急、生兵快們拏周弁監了、眾
鄉周不伏介
北水仙子周呀呀呀、放你的呸、生惱介拏也、周取劍
舞介拏拏拏、拏的俺怒氣沖天舞劍嘩、生住了、你道
俺拏不的你麽、挂起令旨旗牌來、貼扮中軍捧旗牌
上挂起旗牌介田司憲入酒放醒些、搓眼哩、周看作
怕背介他他他他叫俺掙著迷奚、抹眼介我我我打

些兒抹昧、回斜看介可可可、可怎生挂起了老君王
令旨旗你你你、你敢有甚麽密切欽依、眾周司憲挂
了令旨不跪、是何道理、周反手介火火火、火的俺闔
外將軍向閫内歸少少少、少不得拖翻硬腿隨朝跪
跪介生周司憲可伏鄉了、周周弁不是伏别人、這這
這、這是俺爲臣子識高低、生這等送你收監去、行介
南雙聲子前日裏前日裏曾勸你酒休喫、全不記全
不記、鬼弄送胡支對輸到底、輸到底倒了蒂、倒了蒂
看君王發落、權時監裏、叫司獄官、丑扮獄官上司獄

官孩爺、(生)周司憲從軍、暫請武中寬坐數日、(周)惱介
咳、周弁何等英雄、今日到此、
(北尾)俺透重圍透不出這半牆內、背膊上好不疼也、
好歹和俺瞧一瞧哩、(衆看笑介)一箇酒刺兒大紅疙
疸、(周)罷了、罷了、敢氣的俺周亞夫疽生背、俺氣死不
怨、別的則怨著半萬箇酒堆兒也、悔不當初悔不當
初、枕著個、破泥頭、做一箇醉臥沙場征戰鬼、(下)
(生)三軍斬首爲貪杯、(田)一面權收寄劍才、
今朝酒醒知寒色、(合)悔不當初奏凱回、

第三十二齣 朝議

(小蓬萊)(王引老旦、丑扮內官上)世界於今幾變、精
靈自古如常、槐國爲王柯庭遣將、近事堪惆悵、(集唐)
隨朝楊柳映隄稀、臺殿雲涼秋色微、聞道王師猶轉
戰、黃龍戍卒幾時歸、寡人槐安大國、素與檀蘿有讎、
近乃公主圍困瑤臺、駙馬救解、別遣周弁往援塗江、
捷書未見、飛傳右相、必知消息、
(前腔)(右相持表文上)儼爾尊爲右相、居然翼戴君王、
咳、立下朝綱、壞了邊防、奏到星忙、(上)吾爲右相、每念

南柯重地、駙馬王親在郡二十餘年、威權大盛、常愁他根深不翦、尾大難搖、偶值公主囚圍、塹江失事、得他威名少損、此亦不幸中之幸也、星夜駙馬奏來、請正將軍周弁之罪、俺將表文帶進、相機而行、【見介】臣右相段功見、【王】右相外來、煩知檀蘿用兵勝負乎、【右】駙馬飛傳表文、臣謹奏上、

【瑣窗郎】【瑣窗寒】念臣棼誠恐誠惶、塹江城遭寇、與攔當

【王】有周弁領兵去、【右】誰料三軍出境、止得一將還鄉、

【王】這等大敗了、【右】臣棼肺腑、理難欺誑、【賀新郎】望我王

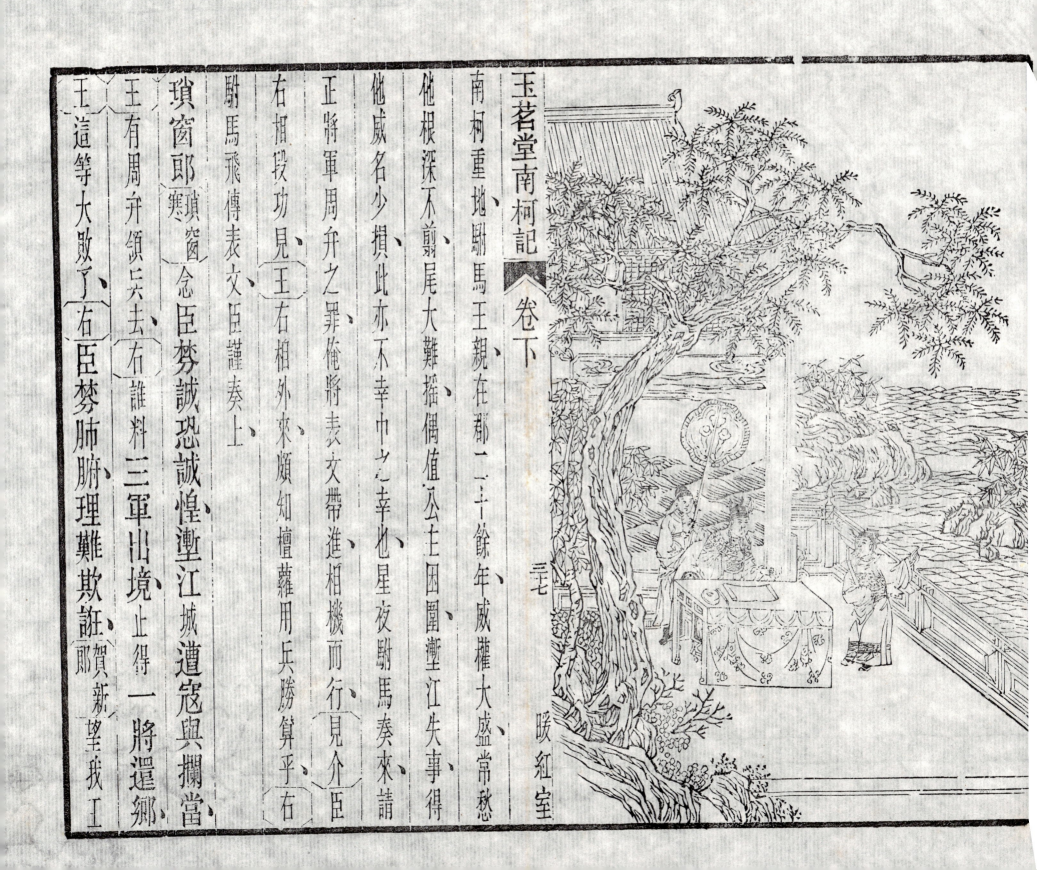

臧曰右相處分甚得體

獨深居本云相署

臧曰若斬周弁何但傷駙馬之心抑非當時取弁之意

綠評如段生者可謂是箇有智略的蟻子

將臣倒職隨欽降、還議罪周弁將、〔王〕論我國家氣勢、得時、而、羽、翼、能飛、失水、則、蛟、龍可制、瑣瑣、檀蘿遭其挫、敗、該駙馬好不老成也、

〔前腔〕〔何〕南柯瑣鑰疆場、那檀蘿多大勢難當、怎提兵數萬、戰死殘傷、這風聲外敵、把吾輕相、可惱、可惱、淯下駙馬在中軍帳、怎用的周弁將、

〔前腔〕〔右〕論邊機失誤非常、則二十年為駙馬也星霜、〔王〕正是、俺也念駙馬在邊年久、加以公主屢請還朝、止為南柯太守、難得其人、因此暫止、〔右〕駙馬取回還

有田子華在彼、看田生智略、可代淯郎、堪取回公主、到京調養、〔王〕春秋褒師、責在大夫、今日駙馬之過也、

〔右〕妨親礙貴宜包奬、權坐罪周弁將、〔王〕這等周弁失機應斬、〔右〕周弁乃駙馬至交、兩次薦舉、斬周弁、恐傷駙馬之心、不如免死、立功贖罪、〔王〕依奏、

周弁免死且饒他、接管南柯田子華、

公主驚傷同駙馬、即時欽取到京華、

第三十三齣　召還

〔意遲遲〕〔貼扮宮娥扶病旦上〕〔一〕自瑤臺航怕恐愁絕

多嬌種、淚濕枕痕紅、秋(打〇照)槐落葉時驚夢。【貼】倚妝臺掠鬢玉梳慵。盼宮闈不斷眉山聳。【古調笑】【旦】魂去魂去。夢到瑤臺秋意。醒來依舊南柯。折抹嬌多病多。多病多病。富貴叢中薄命。自家生成弱體。加以圍困驚傷。又聽周弁敗兵。駙馬遑遑。奴家一發傷心。曾經幾度啟請回朝。圖見父王母親。一來奴家得以養息。二來駙馬久在南柯。威名太重。朝臣豈無妒忌之心。待俺歸去。替他牢固根基。三來替兒女完成恩蔭之事。未知令旨早晚何如。

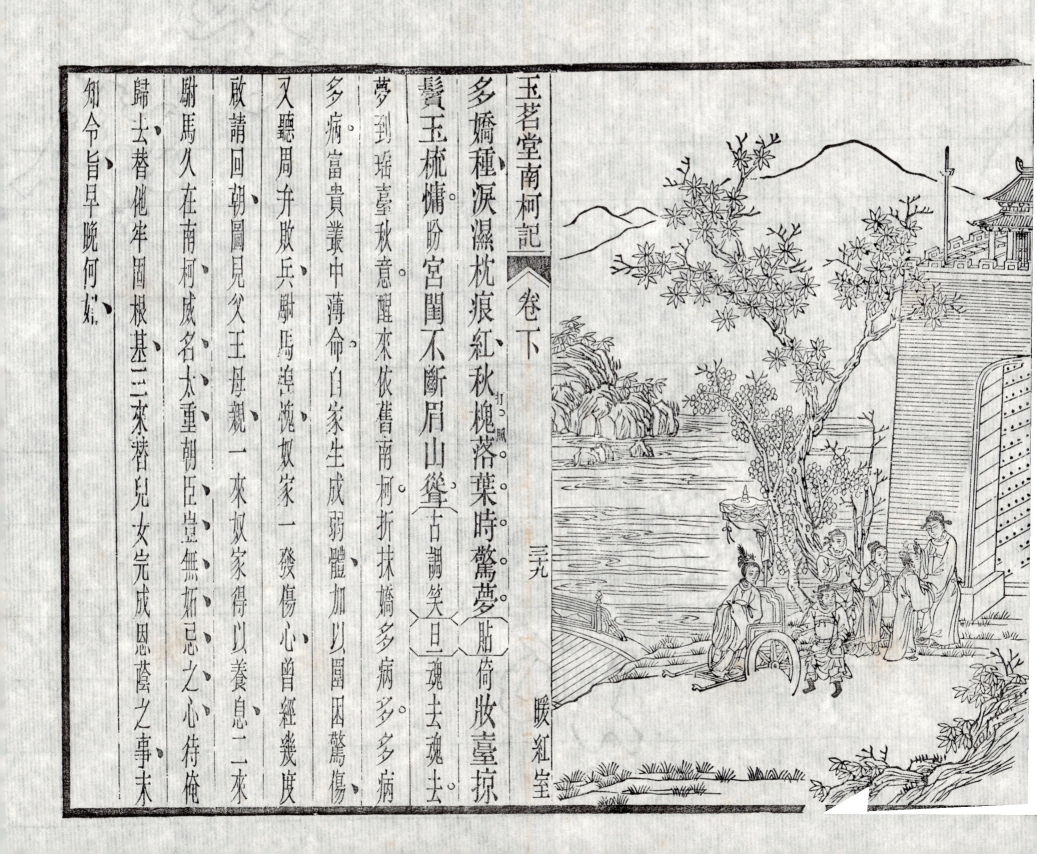

藏曰步蟾宮引佳
獨深居本云幽豔

步蟾宮〔生〕忠淨冠補子便衣上一片愁雲低畫棟掛暮雨珠簾微動倚雕欄和淚折殘紅消受得玉人情重〔見介〕公主貴體若何〔旦〕多分是不好了且問駙馬來此多年〔生〕整整二十年了〔旦歎介〕淳郎夫聽奴一言奴家生長王宮不想有你姻緣成其匹配俺助你南柯政事頗有威名近日檀蘿敗兵你威名頓損兼之廿年太守不可再留俺死爲你先驅螻蟻耳〔泣介〕内作樹聲清亮〔生問介〕此聲何也〔見上介〕稟爹娘是槐樹作聲〔旦笑介〕駙馬這樹音清亮可喜〔生〕難得公

主這一喜〔旦〕你不知此中槐樹號爲聲音木我國中但有拜相者此樹即吐清音看此佳兆駙馬早晚入爲丞相矣則恐我去之後〔見到〕你千難萬難那

集賢賓論人生到頭難悔恐尋常兒女情鍾有恩愛的夫妻情事冗奴家並不曾虧了駙馬則我去之後駙馬不得再娶呵累你影悽悽被冷房空淳于郎你回朝去不比以前了看人情自懂俺死後百凡尊重〔合〕心疼痛祇願的鳳樓人永〔生泣介〕

前腔公主呵聽一聲聲慘然詞未終對杜宇啼紅你

去後俺甘心受唧噥、則這些兒女難同、公主阿、你的
恩深愛重、二十載南柯護從、合前旦泣介
猫兒墜如寒似熱、消盡了臉霞紅、那宮女開函俺奏
幾封、早些兒飛入大槐宮、生拜介天公前程緊處、略利｜氣
放輕鬆、旦病到此際也、則索罷了、生怎說這話、
前腔香肌弱體、須護好簾櫳、裙帶留仙怕倚風、把巽
香燒取月明中、旦惺忪、斷魂一縷、分付乘龍、外扮紫
衣官捧詔上末扮大兒雜扮女兒同上報報報、令旨
到、爹爹、娘病了、怎生接旨、生兒子們扶著母親拜便

了、紫讀詔介令旨已到、跪聽宣讀、大槐安國王令旨、
公主瑤芳同駙馬淳于棼、南柯功高歲久、欽取回朝、
進居左丞相之職、其南柯郡事、著司農田子華代之、
欽哉、謝恩、衆呼千歲起介旦恭喜駙馬拜相當朝、槐
樹清音、果成佳兆、生多謝公主擡舉、紫叩頭介生周
弁作何處置、紫有旨了、駙馬分上、免死立功、生天恩
浩大哩、且請皇華館筵宴、紫詔許王人會、恩催上相
歸、下生公主我在此多年、一朝離去、應有數日周詳
善後之事、待著孩兒送你先行、到朝門之外、候俺一

獨深居本云情至之語

獨深居本云令人腹痛總評公主顛賢明知事今世上反有不知此蟻者可憐可憐

齊朝見（旦）正是則這二十年南柯郡舍一旦拋離好
感傷人也（生）人生如傳舍何況官衙則你將息貴體
孩兒看酒（末奉酒上介）
早鶯兒（黃鶯兒）（生）杯酒散愁容病宮花小桂叢我兒呵
你長途細把親娘奉調和進供溫涼酌中你烏紗綽
鬢非無用（皁羅袍）（末雜）承爹厚命丁寧在胸奉娘前進
寒溫必躬管平安遇有人傳送（黃鶯兒）（合）靠蒼穹一家
美滿排備御筵紅（貼報介）啟公主駙馬外邊官屬百
姓等聞的公主回朝都在府門外求見（旦）宮婢你說

公主分付生受你南柯百姓二十年今日公主扶病
而回則除是來生補報了（內哭介）（生）叫不要感傷了
公主看轎來

金枝玉葉病葳蕤　廿載南柯寄一枝
不是大家隨子去　爭看貴主入宮時

第三十四齣　臥轍

浪淘沙（丑扮老錄事上）狗命帶酸寒不做高官白頭
紗帽保平安職掌批行和帶管有的錢鑽自家南柯
府錄事官便是南柯府堂風水單好出些老官你不

獨深居本云口幅賢太守

信駙馬爺二十年回司農二十年俺錄事也二十餘年來時油光背臉如今鬢子皓白了天恩欽取公主駙馬還朝二日前公主起行駙馬將府事交盤與田司農今日起程司農爺長亭餞別早分付了駙馬爺來時是太守今回朝去是箇左丞相了車路欠平著人推沙填起一隄約有三十里長兩頭結綵爲門題著四箇大字新築沙隄好些小百姓來看也

【前腔】雜扮父老持奏上少壯老平安一郡清官賢哉太守被徵還百姓保留天又遣要打通闕見丑跪介

送行圖使人動念良牧詞緊不厭

參軍爺、小的、們、有、下、情、丑 甚麼事、父老 這干爺管府
事二十年、百姓家安戶樂海闊春深、一旦欽取回朝、
百姓怎生捨得、丑 這不干俺事、父老 衆父老商量、書
南柯府城士民男婦簽名上本、保留這干爺再住十
年、京師窵遠、敢央及參軍爺、發下快馬十數疋、一日
一夜三百里、飛將本去、萬一令旨著駙馬爺中路而
轉、重鎮南柯、但憑百姓們親齎、恐不濟事了、丑 驚介
你們要留太爺、怕上本遲了、央俺撥快馬十數疋、一
日一夜、飛將本去、萬一令旨著駙馬爺中路而轉重

鎮南柯、罷了、列位父老哥兒、照顧、父老泣介 參軍爺
不准、央田爺去、丑 央田爺麼、你去、你去、衆起介 丑 回
來、講與你聽、便是田爺知南柯府事了、不好意思得
父老 原來新太爺、就是田爺、不便央他了、還是百姓
們蟻行而去罷、丑 著了、田爺將到、衆避介
一落索 田上 廿載府堂簽判、奉旨超階正轉、長亭相
送舊堂還、呀、塞路的人千萬、丑 參見介 稟老大人、酒
筵齊備、田 紅塵擁路、想都是送太爺的、麼好百姓、好
百姓、丑 鼓吹聲喧、太爺早到、田 丑 走接介

臧曰長亭相送二句佳